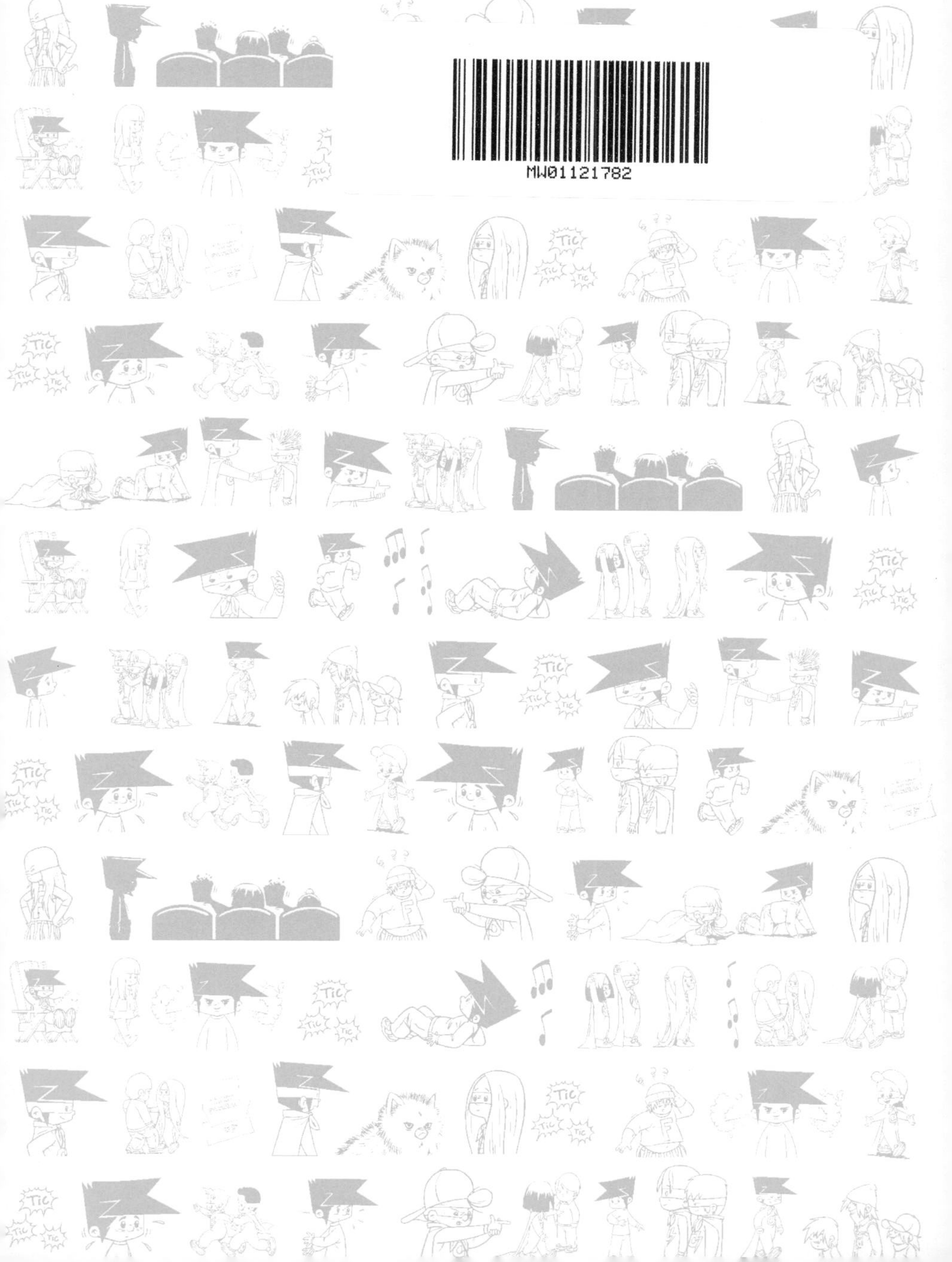
Tic
Tic
Tic

CAPITAINE STATIC

LES FANATICS!

Des mêmes créateurs aux Éditions Québec Amérique

SÉRIE CAPITAINE STATIC

Capitaine Static 6 – Mystère et boule de gomme!, bande dessinée, 2013.

Capitaine Static 5 – La Bande des trois, bande dessinée, 2012.

Capitaine Static 4 – Le Maître des Zions, bande dessinée, 2010.
  • **Finaliste au prix Tamarack 2012**

Capitaine Static 3 – L'Étrange Miss Flissy, bande dessinée, 2009.
  • **Finaliste au prix Joe Schuster (Canada)**
  • **3e position au Palmarès Communication-Jeunesse 2010-2011**
  • **Sélection 2011 de La revue des livres pour enfants**
    (Bibliothèque nationale de France)

Capitaine Static 2 – L'Imposteur, bande dessinée, 2008.
  • **Finaliste au prix Bédélys Jeunesse 2009**
  • **4e position au palmarès Communication-Jeunesse 2009-2010**

Capitaine Static 1, bande dessinée, 2007.
  • **Lauréat du prix Hackmatack, Le choix des jeunes, 2009**
  • **Prix du livre Distinction Tamarack 2009**
  • **2e position au palmarès Communication-Jeunesse 2008-2009**
  • **Finaliste au prix Bédélys Jeunesse 2008**
  • **Finaliste au prix Réal-Fillion du Festival de la bande dessinée francophone**
    de Québec 2008
  • **Finaliste au prix Bédéis Causa 2008**
  • **Finaliste au prix du livre jeunesse de la Ville de Montréal 2008**

Du même auteur

Le géant qui sentait les petits pieds, roman, 2014.
Les Merveilleuses Jumelles W., roman, 2012.
Le Chat de garde, roman, 2010.
Récompense promise : un million de dollars, roman, 2008.

Des mêmes créateurs chez d'autres éditeurs

COLLECTION SAVAIS-TU ?
58 titres parmi lesquels :
Les Bousiers, bande dessinée-documentaire, Éditions Michel Quintin, 2013.
Les Éléphants, bande dessinée-documentaire, Éditions Michel Quintin, 2013.

SÉRIE BILLY STUART
8 titres parmi lesquels :
Billy Stuart 8 – Le Cerbère de l'enfer, bande dessinée, Éditions Michel Quintin, 2014.
Billy Stuart 7 – La Course des centaures, bande dessinée, Éditions Michel Quintin, 2014.

Alain M. Bergeron et Sampar

CAPITAINE STATIC

LES FANATICS!

Québec Amérique

Projet dirigé par Stéphanie Durand, éditrice
Conception de la grille originale : Karine Raymond
Mise en pages : Nathalie Caron
Révision linguistique : Annie Pronovost

Québec Amérique
329, rue de la Commune Ouest, 3e étage
Montréal (Québec) Canada H2Y 2E1
Téléphone : 514 499-3000, télécopieur : 514 499-3010

Nous reconnaissons l'aide financière du gouvernement du Canada par l'entremise du Fonds du livre du Canada pour nos activités d'édition.

Nous remercions le Conseil des arts du Canada de son soutien. L'an dernier, le Conseil a investi 157 millions de dollars pour mettre de l'art dans la vie des Canadiennes et des Canadiens de tout le pays.

Nous tenons également à remercier la SODEC pour son appui financier. Gouvernement du Québec – Programme de crédit d'impôt pour l'édition de livres – Gestion SODEC.

Conseil des Arts du Canada — Canada Council for the Arts

SODEC Québec

Catalogage avant publication de Bibliothèque et Archives nationales du Québec et Bibliothèque et Archives Canada

Bergeron, Alain M.
Capitaine Static. 7, Les FanaTICs !
Bandes dessinées.
Pour les jeunes.
ISBN 978-2-7644-2866-5 (Version imprimée)
ISBN 978-2-7644-2867-2 (PDF)
ISBN 978-2-7644-2868-9 (ePub)
I. Sampar. II. Titre. III. Titre : FanaTICs !.
PN6734.C357B47 2015 j741.5'971 C2014-942253-9

Dépôt légal : 2e trimestre 2015
Bibliothèque nationale du Québec
Bibliothèque nationale du Canada

quebec-amerique.com

Imprimé en Chine
10 9 8 7 6 5 4 3 2 1 18 17 16 15 14
PO 583

*D'après une idée
de Robert Soulières
et Colombe Labonté*

AVERTISSEMENT

Qui s'y frotte, s'y *TIC* !
Telle est la devise du Capitaine Static.

Chapitre 1

C'est dans l'ordre des choses…

Logique, pour résumer le tout en un seul mot.

D'ailleurs, honnêtement et en toute humilité, je suis étonné que ça ne se soit pas produit plus tôt.

Mais quoi?

La création d'un club d'admirateurs du Capitaine Static, bien sûr! En termes clairs, j'ai désormais mon propre *fan-club*.

Et qui d'autre que mon plus fidèle admirateur, Fred, pour mettre sur pied un tel groupe?

Tu le mérites tellement, Capitaine Static!

Honnêtement et en toute humilité, je dois avouer qu'il a raison.

Je ne sais pas combien de *fans* Superman avait à Smallville, ou Batman à Gotham City… Moi, dans ma ville, j'en ai déjà sept! Excluant Fred, ce qui représente un total de huit!

Huit Fana**TIC**s! comme ils s'appellent.

Ils sont devant moi, réunis au sous-sol de la maison de Fred. Pénélope, sa grande sœur et la plus belle fille de mon école, ne fait pas partie de ce club sélect. Entre nous, c'est mieux ainsi. Après tout, elle ne m'admire pas… elle m'adore! Nuance, les amis.

On pourrait croire que les huit *fans* sont tous des garçons qui s'identifient à leur héros chéri. Mais non, il y a tout de même trois filles dans le lot, dont Carrie, qui m'aime vraiment beaucoup.

Fred a recruté les membres de mon fan-club à l'école. Gros Joe et Miss Flissy ne s'y sont pas inscrits, est-il nécessaire de le préciser…

Pour attirer des Fana**TIC**s !, Fred leur a promis une lettre mensuelle donnant les dernières nouvelles de « notre valeureux super-héros » (je cite, ici, le texte). Personnellement, j'aurais opté pour une lettre hebdomadaire. Après tout, je réalise un exploit par semaine ou presque, moi !

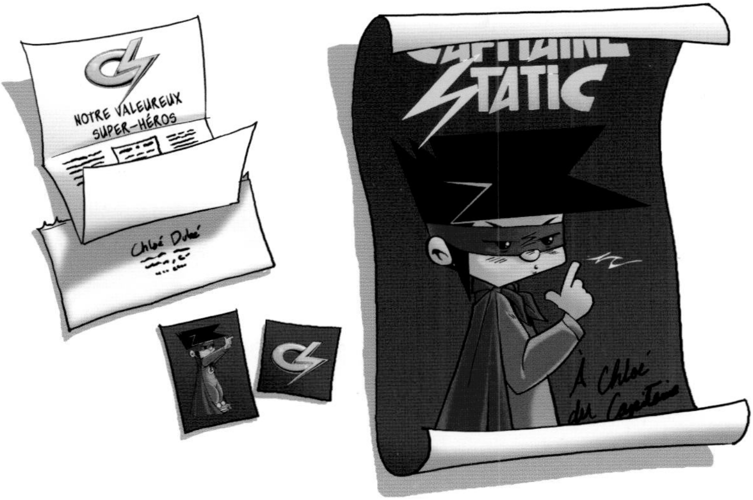

NOTRE VALEUREUX SUPER-HÉROS
Chloé Dubé
STATIC
À Chloé du Capitaine

Chacun des membres a aussi droit à un autocollant du Capitaine Static et à une affiche dédicacée à son nom. Pour ces articles, Fred a eu la collaboration de sa mère, qui a cédé devant ses pressions incessantes. Pour le remercier de sa ténacité, je lui ai montré comment imiter mon autographe. Je ne voudrais pas me blesser le poignet à force de signer mon nom un peu partout. Un super-héros doit réfléchir à ces détails. Et puis, ça lui fait tellement plaisir !

Réjean, le père de Fred, a joué le jeu. Il est musicien et il a composé et enregistré une chanson à propos de moi. Je ne la chanterai pas ici, mais il est possible de l'entendre sur Internet, à cette adresse : quebec-amerique.com/CapitaineStatic7. Et le titre de la pièce ? « Capitaine Static ! »

Voici les paroles du « Capitaine Static » :
Qui est ce nouveau héros fantastique
À la personnalité magnétique ?
Découvrez un super pouvoir unique.
Préparez-vous à un choc électrique !
C'est au bout de ses doigts
Que l'énergie se voit...

Refrain :
Static ! C'est le Capitaine Static !

Qui s'y frotte, s'y TIC !
C'est le Capitaine Static, Static !
Static. C'est le Capitaine Static !

Avec la complicité conjointe de sa mère et de la mienne, Fred offre aussi aux membres un ensemble portatif du Capitaine Static : une cape rouge avec attache à son cou ; un bandeau noir pour les yeux ; une paire des célèbres pantoufles vertes et jaunes, tricotées par ma mémé ; et un morceau de tapis pour s'y frotter les pieds et générer de l'électricité statique.

Le tout est inséré dans un sac à dos de modeste dimension, facile à transporter.

Au fait, on a inventé une poignée de main secrète, dont je ne dévoilerai pas les éléments ici. Pour la connaître, il suffit de s'inscrire au fan-club du Capitaine Static.

Aujourd'hui, pour ce premier rendez-vous des Fana**TIC**s !, c'est jour de remise de l'ensemble du Capitaine Static. Pourvu qu'ils ne pleurent pas d'émotion en me voyant, je ne saurais trop comment réagir.

Afin de marquer cette rencontre d'un geste honorifique, je leur serre la main avec notre poignée de main secrète. À la demande générale, je leur administre une toute petite charge d'électricité statique, assez puissante pour faire dresser leurs cheveux, mais indolore.

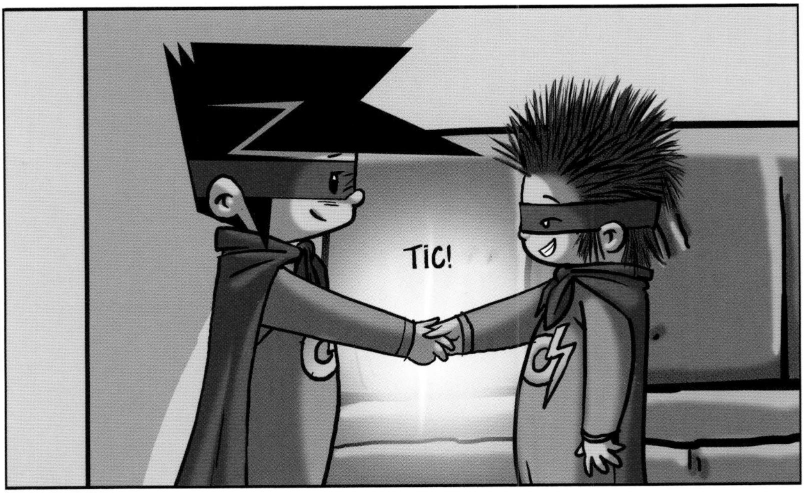
TIC!

Pour l'occasion, le membre doit prononcer ces paroles devenues mémorables : ***Qui s'y frotte, s'y TIC !***

Est-ce que je pourrais mettre tes pantoufles ?
Euh...

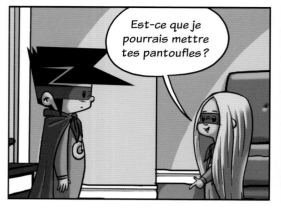

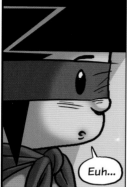

J'hésite à laisser une autre paire de pieds que les miens atterrir dans mes pantoufles. Je crains que ça me porte malchance.

Une prochaine fois, peut-être.
Je vois dans ses yeux que je l'ai terriblement déçue.

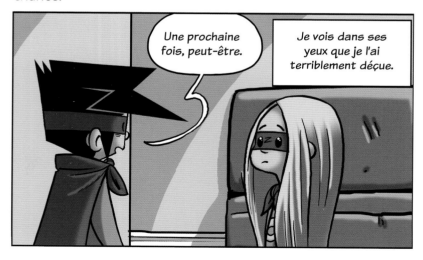

La cérémonie achevée – personne n'a pleuré et c'est bien dommage –, je m'apprête à rentrer chez moi. La tâche d'un super-héros n'est jamais terminée.

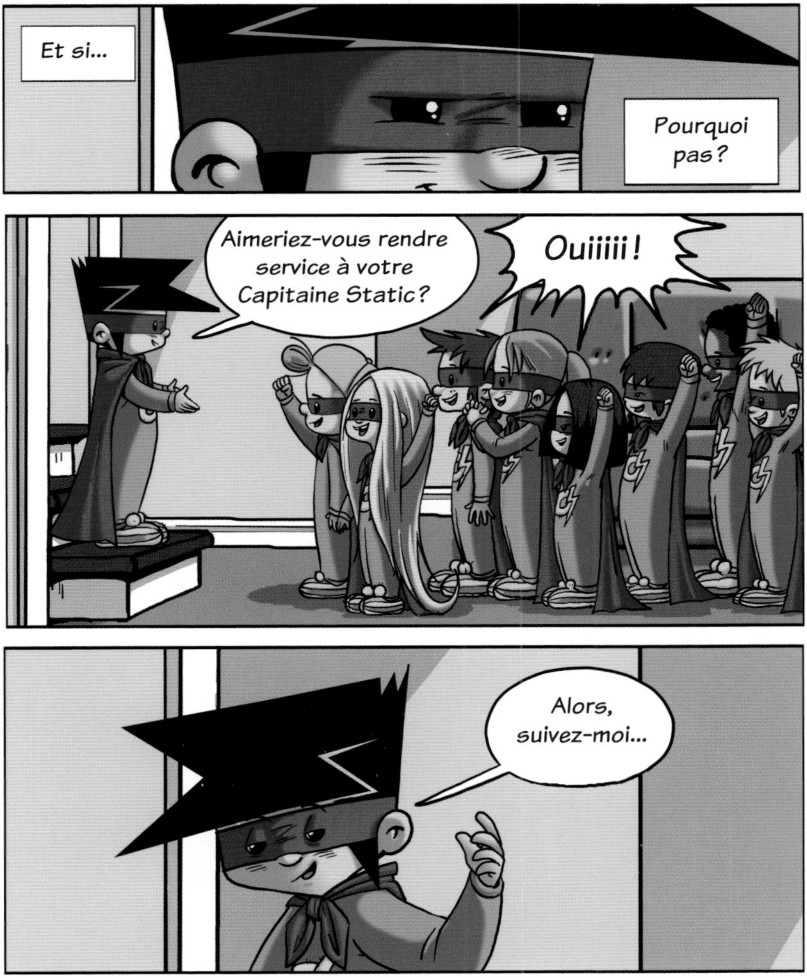
Et si...
Pourquoi pas?
Aimeriez-vous rendre service à votre Capitaine Static?
Ouiiiii!
Alors, suivez-moi...

Quelques minutes plus tard, madame Ruel assiste à un curieux spectacle sur son terrain.

Des mini Capitaine Static ramassent les feuilles mortes, sous la supervision du héros lui-même, assis à son aise dans une chaise de parterre. Je caresse la tête du chat Newton III, qui en devient ébouriffé d'électricité statique.

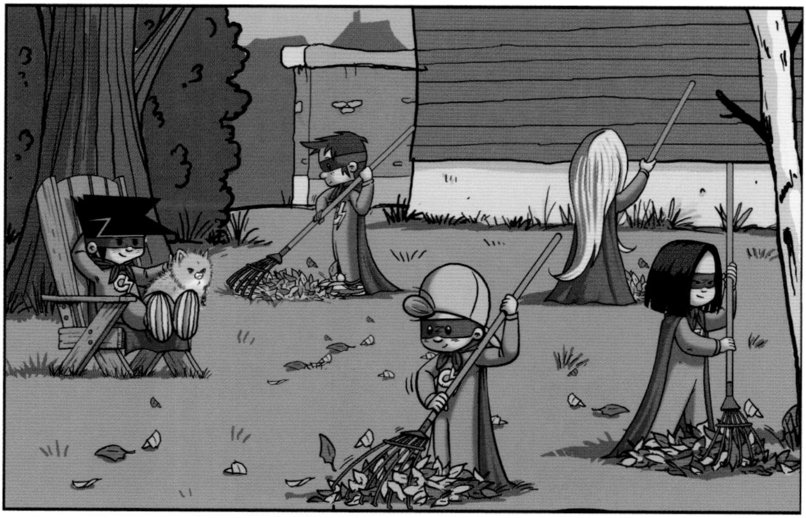

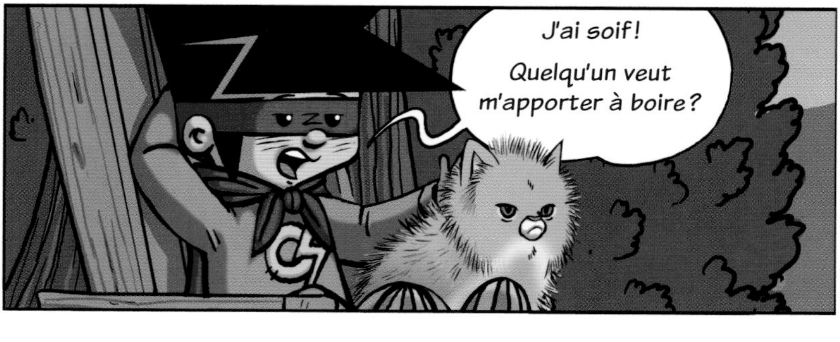
J'ai soif!
Quelqu'un veut m'apporter à boire?

Deux Fana***TIC***s !, dont Carrie, s'élancent à l'intérieur de la maison de madame Ruel. Un autre balaie les feuilles et m'adresse un regard admiratif.

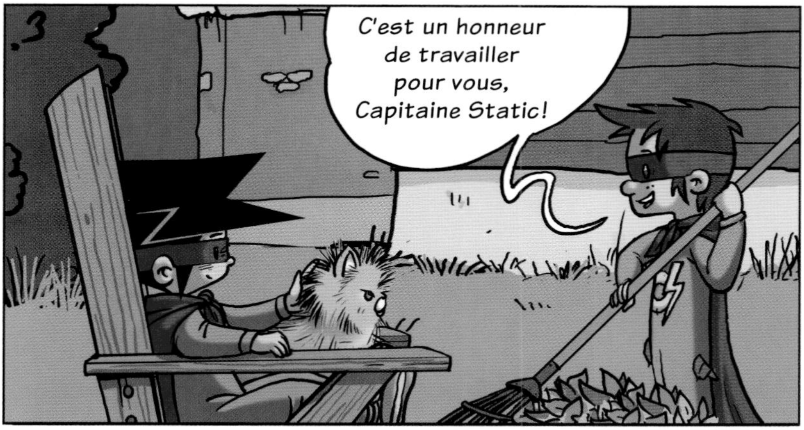
C'est un honneur de travailler pour vous, Capitaine Static!

À titre de super-héros, je n'ai pas exigé d'être vouvoyé. Mais comme on ne peut empêcher un cœur d'aimer, je ne vais surtout pas le priver de ce plaisir.

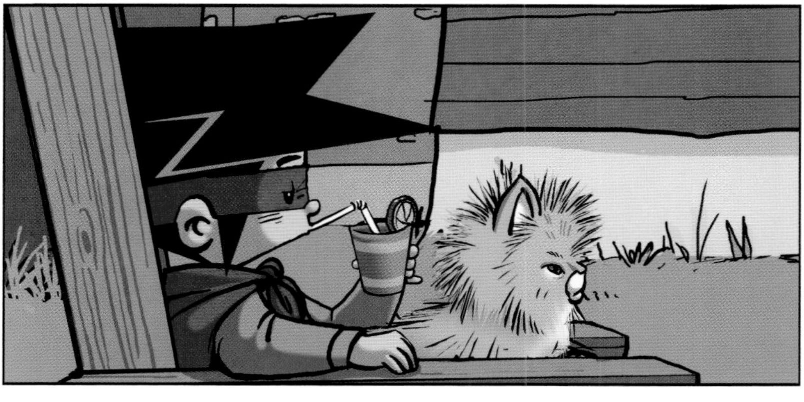

Chapitre 2

Cet intérêt de «mes» Fana**TIC**s! se transporte aussi à l'école. Une seule fois, je les ai laissé faire mes devoirs. Oui, tout pour plaire à ses admirateurs.

Par la suite, par contre, j'ai dû préciser à mon professeur, monsieur Patrice, pourquoi:

a) mon travail était rempli de fautes;

b) mon écriture avait changé à ce point – elle était en lettres moulées;

c) mes réponses étaient toutes fausses, sauf deux;

d) ma feuille était signée au bas par des Fana**TIC**s!… Et Carrie avait ajouté des bisous en forme de **XX**, bisous accompagnés de cœurs…

Et chez moi, j'ai dû répéter les mêmes explications à mes parents… Un super-héros peut apprendre de ses erreurs.

Passons…

La ferveur des Fana**TIC**s! à mon égard se manifeste de bien des façons. Quatre d'entre eux ont décidé qu'ils seraient mes gardes du corps dans les couloirs de l'école.

Loin de susciter l'admiration, leur initiative sème la moquerie et l'embarras. Les Fana**TIC**s! prennent leur rôle un peu trop au sérieux. Ils repoussent sans réserve les garçons et les filles qui veulent m'approcher!

Leur présence me vaut des reproches et des insultes. Gros Joe et sa bande en profitent pour me ridiculiser lorsque nous circulons près de leurs casiers.

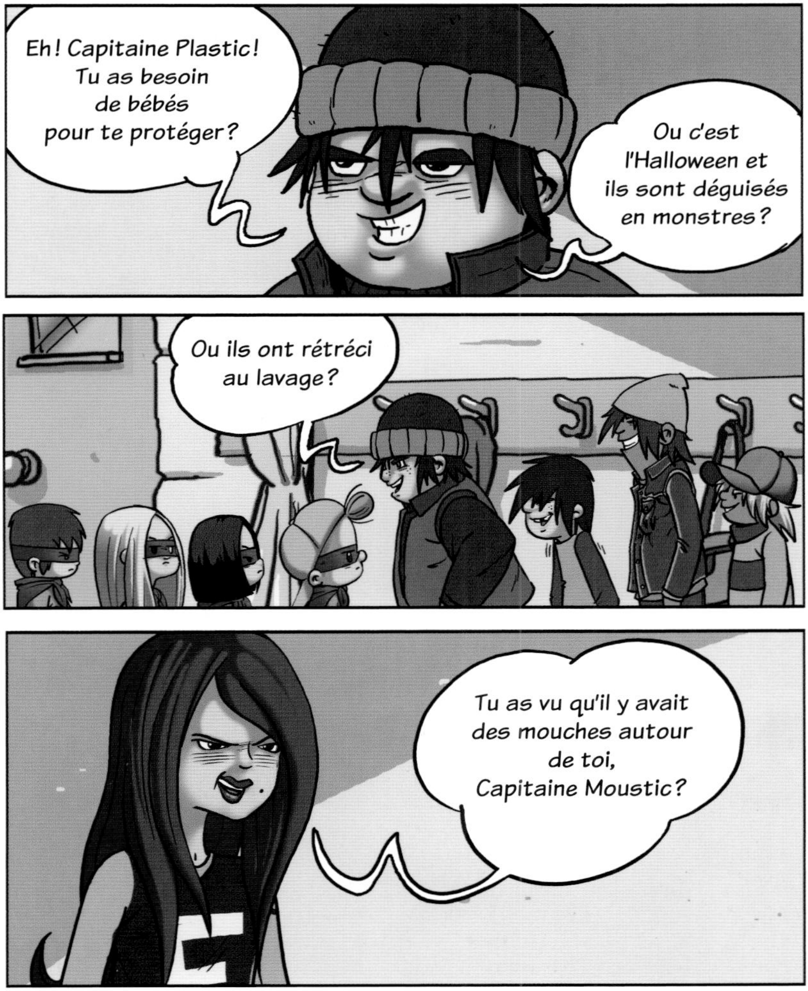

Eh! Capitaine Plastic! Tu as besoin de bébés pour te protéger?
Ou c'est l'Halloween et ils sont déguisés en monstres?
Ou ils ont rétréci au lavage?
Tu as vu qu'il y avait des mouches autour de toi, Capitaine Moustic?

Choqués de leurs remarques blessantes, les Fana***TIC***s ! se braquent et se mettent en position de combat électrique, l'index pointé devant eux. Ils hurlent :

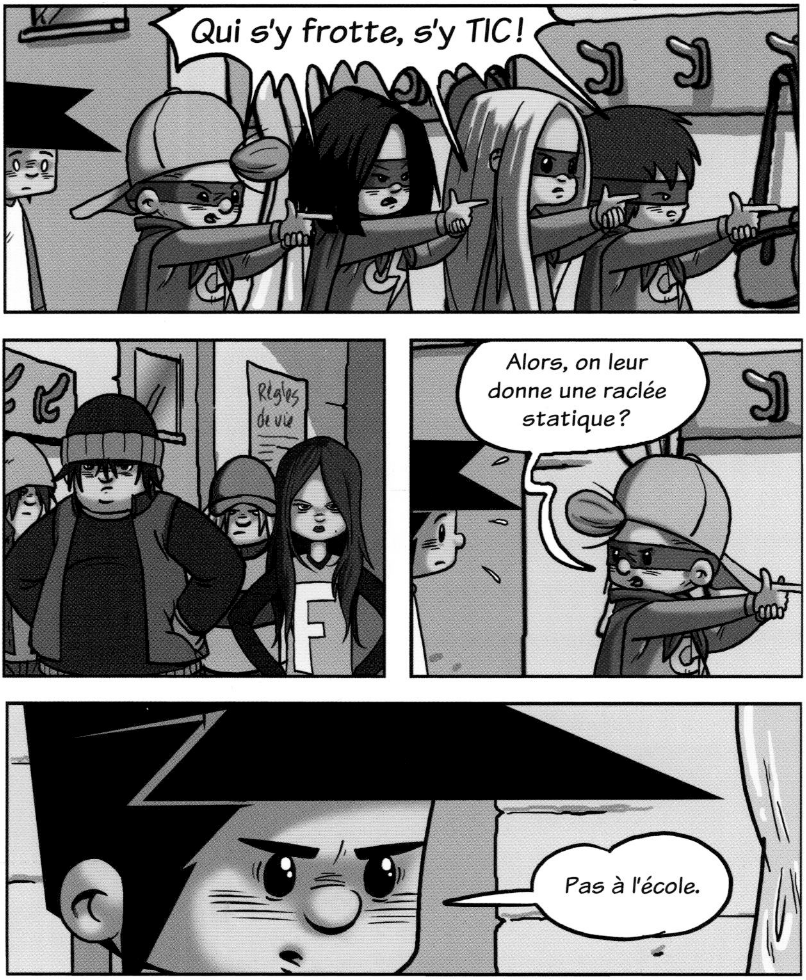
Qui s'y frotte, s'y TIC !
Règles de vie
Alors, on leur donne une raclée statique?
Pas à l'école.

Contrairement aux Fana***TIC***s!, je n'ai pas revêtu mon costume de super-héros. Il se trouve dans mon casier avec mes pantoufles. J'essaie, quand c'est possible, de ne pas me transformer en Capitaine Static à mon école. Gros Joe, malgré son attitude actuelle, demeure assez discret ces derniers temps.

Vous ne perdez rien pour attendre!
On est terrorisés. Pas vrai, Angélikoukou?
Je t'ai dit mille fois de ne pas m'appeler comme ça, Gros Joe!
Tu as raison. Je suis désolé, Angélikoukou...

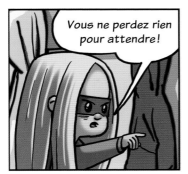

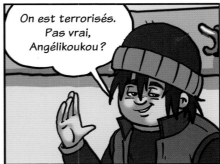

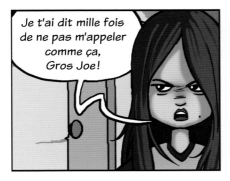

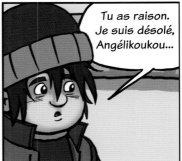

Nous poursuivons notre chemin. Le zèle des Fana***TIC***s! me suit même hors des murs de l'école... au cinéma, avec Pénélope, par exemple! C'est très gênant, merci. Si j'offre d'aller chercher du maïs soufflé à mon amie, les Fana***TIC***s! en veulent également. Me voilà donc les bras chargés de sacs de maïs soufflé, à circuler dans les allées sombres.

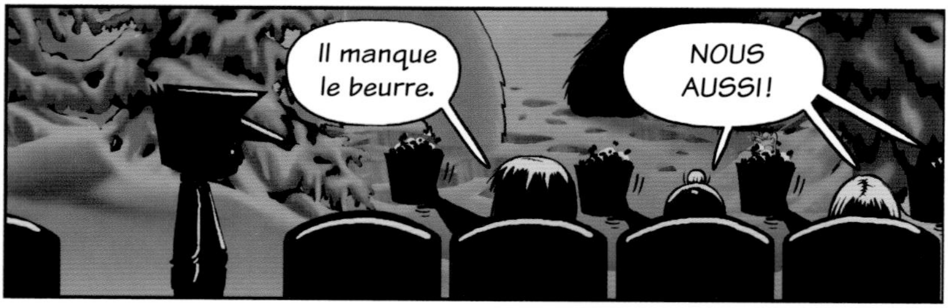
Il manque le beurre.
NOUS AUSSI!

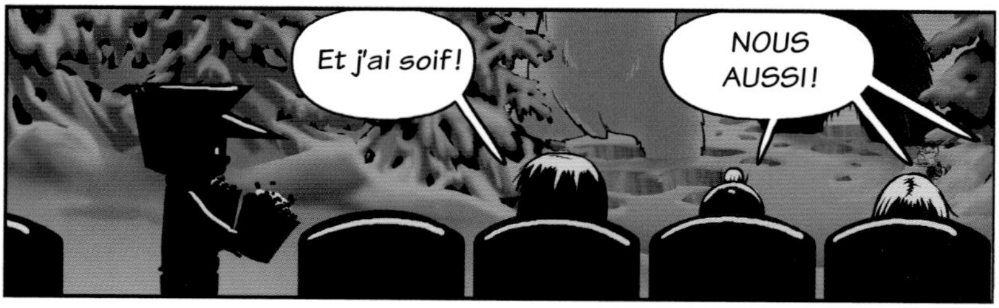
Et j'ai soif!
NOUS AUSSI!

Les retours de l'école sont marqués de chicane pour savoir qui portera mon sac... Et c'est moi qui dois trancher dans tout ça. Pour ne pas faire de jaloux, j'en suis venu à tenir des comptes pour ne négliger personne et éviter de créer des frictions entre les membres...

Je ne souhaite pas être brusque ou impoli avec les Fana**TIC**s !, mais j'avoue qu'ils commencent sérieusement à me taper sur les nerfs. C'est une situation très délicate, car ils ne désirent que mon bien. C'est la rançon de la gloire, après tout. Il me suffirait d'exiger une certaine distance entre eux et moi.

Aujourd'hui, après l'école, je réunis les Fana**TIC**s! à l'écart dans la cour de récréation. Ah! Il manque Fred… C'est curieux, ça.

L'une des fillettes enfile son masque du Capitaine Static et noue sa cape autour de son cou. Son enseignante l'avait obligée à retirer son costume pendant les heures de classe.

Sa tâche terminée, elle pointe son doigt devant elle et hurle:

— *Qui s'y frotte, s'y TIC!*

Mes réflexes aiguisés me mettent aussitôt en état d'alerte. Y a-t-il une menace dans les environs? Pas du tout! C'était pour le simple plaisir de proclamer haut et fort ma devise. Son appel est repris par les autres Fana**TIC**s! Ils sont vraiment très bruyants…

— Quelqu'un parmi vous a vu Fred? leur dis-je dans un murmure, espérant qu'ainsi, eux aussi baisseront le ton.

— *Au secours!*

Ce cri à l'aide provient de derrière la benne à ordures, celle pour les déchets de l'école.

C'est Fred!

Il est en danger!

Chapitre 3

Je m'élance sans prendre le temps de me changer en Capitaine Static. Il y avait un sentiment d'urgence dans la voix de Fred. Il faut lui porter secours rapidement.

Dès les premiers pas, je trébuche et m'étale sur l'asphalte. Je m'écorche les coudes et les genoux. J'ai pilé, involontairement, sur la très longue cape de l'un des Fana*TIC*s ! Du coup, je l'ai fait tomber et il m'a entraîné dans sa chute.

Exaspéré, je me fâche :

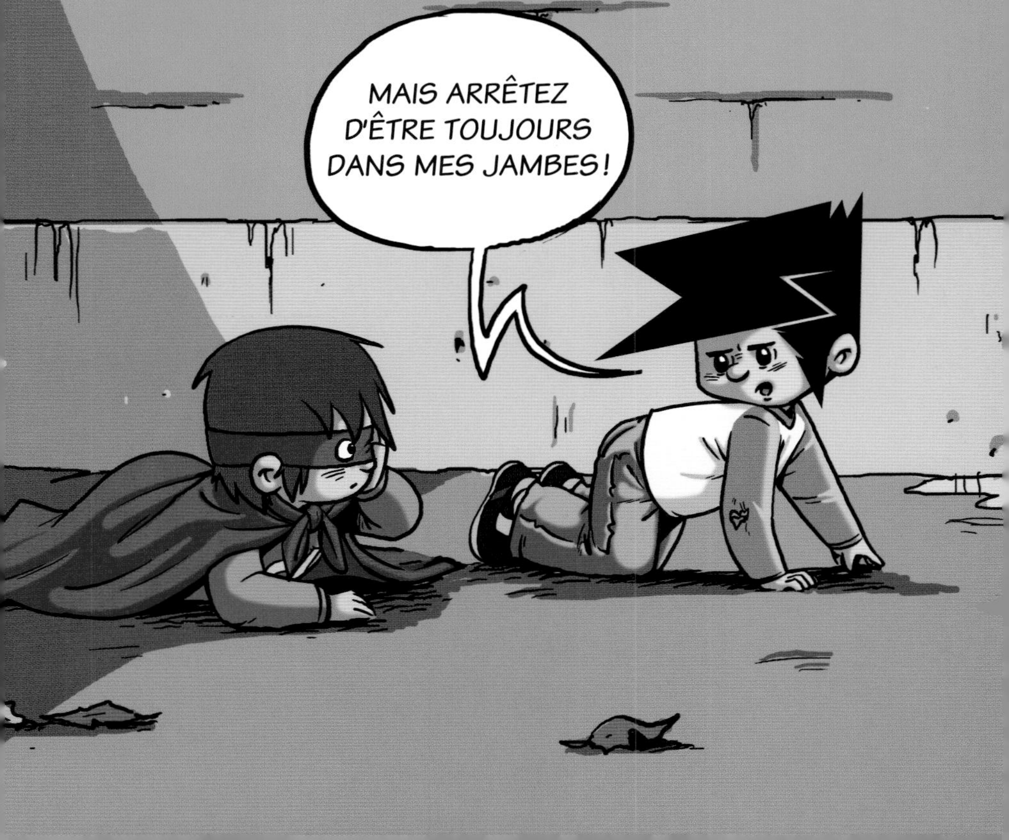
MAIS ARRÊTEZ D'ÊTRE TOUJOURS DANS MES JAMBES !

Sans me soucier de l'état de ce Fana***TIC!***, je me relève et je me précipite vers les lieux du drame en devenir.

— Aidez-moi ! supplie Fred.

Je le vois ! Il est soulevé par Gros Joe et sa bande. Ils ont l'intention de le projeter dans la benne à ordures par la trappe ouverte, celle utilisée quotidiennement par le concierge et qu'il a oublié de refermer.

Je suis pris au dépourvu. J'ai été négligent, préoccupé par les Fana***TIC***s ! et pensant que Gros Joe et ses comparses se tiendraient tranquilles. Autant croire que les lions mangeront des carottes…

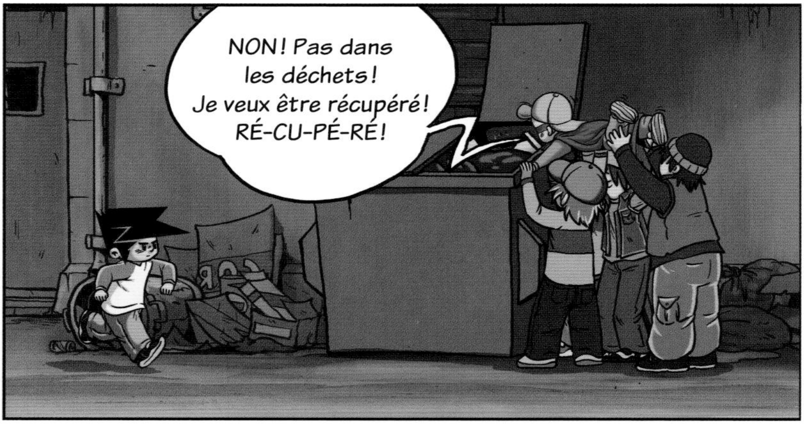
NON ! Pas dans les déchets ! Je veux être récupéré ! RÉ-CU-PÉ-RÉ !

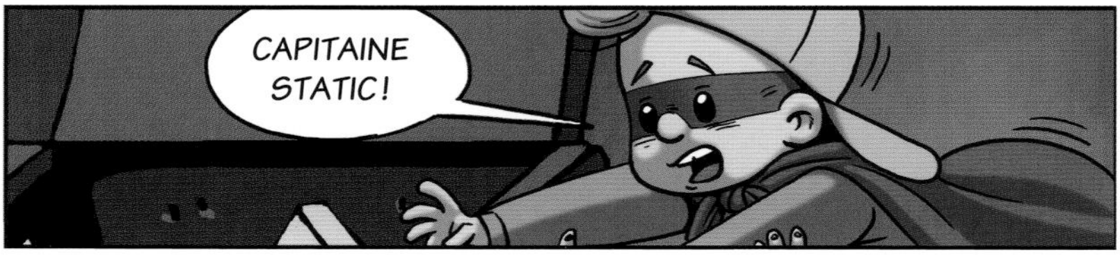
CAPITAINE STATIC !

Et les FanaTICs!
Tu n'es pas capable de te déplacer sans ta garderie?
Je ne leur ai rien demandé!

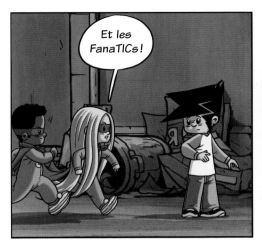

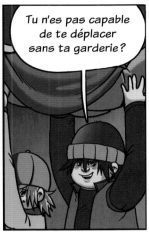

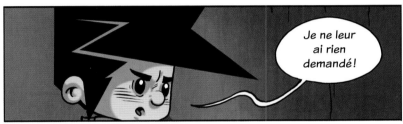

Ce qui me vaut des regards de reproche de quelques Fana**TIC**s !

Pour l'instant, c'est le moindre de mes soucis. Je dois m'occuper de sauver Fred du pétrin. Allons-y pour le bon vieux bluff...

— Laissez-le, sinon...

Je pointe un index vers eux et je fais mine de tirer. Gros Joe et ses amis s'immobilisent un moment.

Mais tu n'es pas chargé, Capitaine Static!
C'est vrai, ça!
C'est vrai, ça!

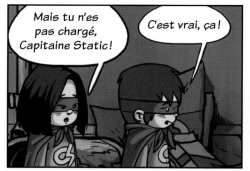

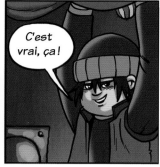

Le vent vient de tourner en faveur du camp adverse à cause des Fana*TIC*s!

D'accord, Capitaine MousTIC!
On va le lâcher, ton Fred... dans les ordures où tu iras le rejoindre tantôt!

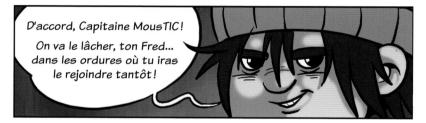

Des Fana*TIC*s! ont sorti le morceau de tapis de leur sac à dos; pantoufles aux pieds, ils les frottent. Avec une faible dose d'électricité statique, ils foncent vers Gros Joe et sa bande. Ils ont beau faire des ***TIC!*** chaque fois qu'ils les touchent, nos ennemis ne réagissent pas à ces attaques de mouches...

À moi de jouer! J'arrache le tapis et les pantoufles du seul Fana***TIC!*** resté près de moi pour ma protection... Pas le temps de lui demander sa permission.

Fred est à quelques secondes d'être jeté dans les déchets. En un clin d'œil, je bondis de mes chaussures – vive le velcro ! – et je mets les pantoufles... Ouille ! Ils ont de petits pieds, les Fana**TIC**s !...

Je sens l'électricité statique envahir mon corps avec les picotements familiers. Voilà ! Je suis déjà prêt.

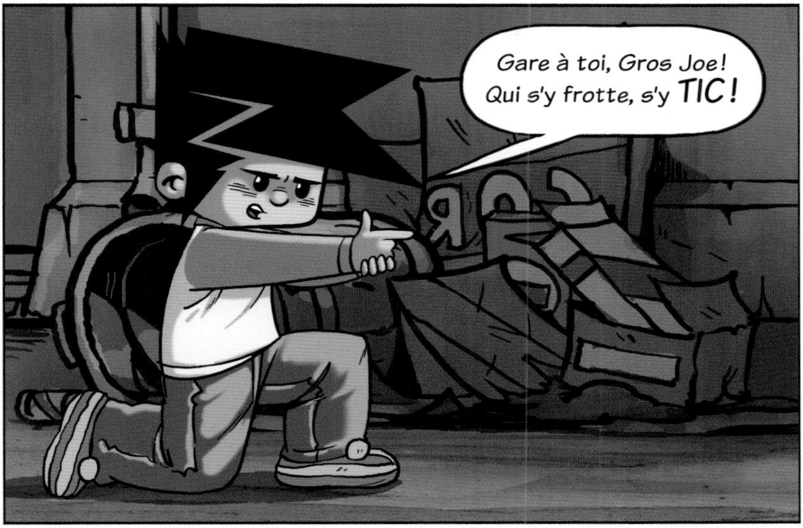
Gare à toi, Gros Joe! Qui s'y frotte, s'y TIC!

Je pose un genou par terre et je m'apprête à tirer.

C'est alors que devant moi se dresse Carrie, une autre Fana**TIC !** Celle-là, elle assurait mes arrières, semble-t-il... Je ne l'avais pas vue venir. Les mains sur les hanches, elle me tourne le dos. Puis, elle court vers Gros Joe en poussant des **TIC ! TIC ! TIC !** avant de chanter la chanson du Capitaine Static ! C'est le délire total !

Tout le long de sa course, Carrie est dans ma ligne de tir !

— Tasse-toi ! Mais tasse-toi donc !

Impossible pour moi de passer à l'attaque sans toucher la Fana*TIC !* et risquer de la blesser.

Soudain, une boule de feu roule au-dessus de moi dans un craquement infernal. Pouah ! Quelle odeur horrible ! Ça pue le soufre !

Avec un bruit assourdissant, la boule frappe à proximité de Gros Joe et sa bande, qui laissent tomber Fred. Le jeune frère de Pénélope se retrouve malgré tout dans la benne à ordures.

Gros Joe et sa bande, sentant le cochon grillé, se relèvent péniblement pour s'enfuir des lieux. Les Fana*TIC*s ! s'élancent vers moi pour me féliciter. Fred sort la tête de la benne. Il est couvert de déchets.

WOW! Tu as tiré plus vite que ton ombre, Capitaine Static! Je n'ai pas vu ton geste.
C'est parce qu'il n'a rien fait !

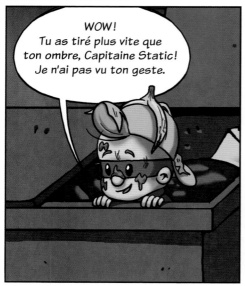

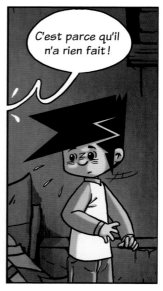

Je suis troublé… et sous le choc!

À moins d'un mètre de moi, un garçon au crâne chauve, à peine plus vieux que moi, est vêtu en super-héros, cape incluse, dans un costume sombre, à l'exception de l'écusson.

Ce n'est pas le seul détail que je remarque. Ses mains sont rapprochées, l'une par-dessus l'autre, les paumes tournées vers l'intérieur. Dans cet espace vide flotte une boule de lumière scintillante et éblouissante.

Le nouveau venu s'incline légèrement devant nous.

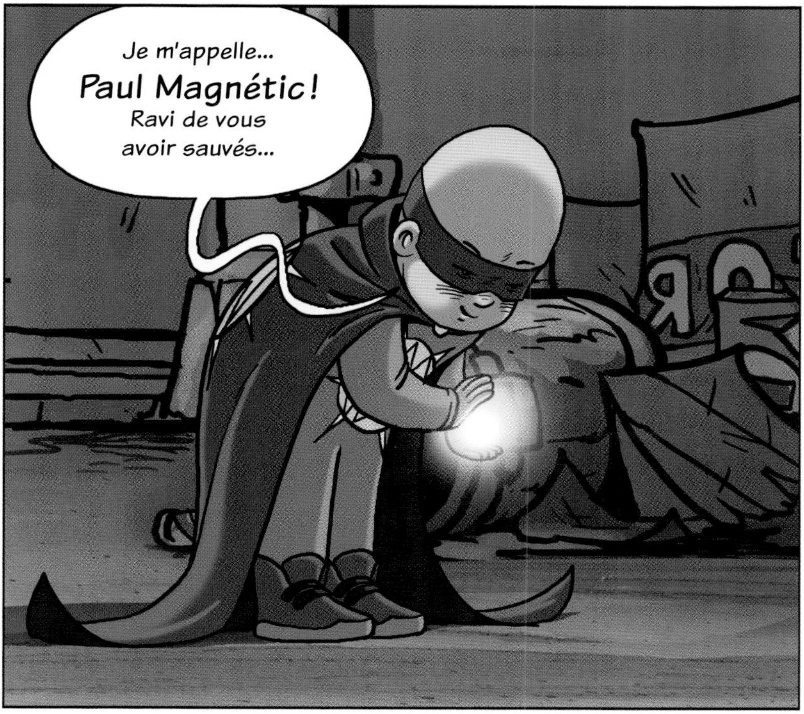
Je m'appelle… **Paul Magnétic!** Ravi de vous avoir sauvés…

Chapitre 4

PM.

Paul Magnétic.

Les lettres d'un jaune vif brillent sur sa poitrine et aussi sur sa cape. Bonne idée, ça. J'aurais dû y songer plus tôt. Je vais demander à maman si elle pourrait ajouter les initiales C. S. à la mienne. Je pense que j'ai vu un truc du genre pour la cape de Superman. Si c'est le cas, ce PM n'est qu'un vulgaire copieur.

Toujours sur sa poitrine, il n'a pas de foudre comme moi, mais une boule d'où paraissent jaillir des étincelles. Je n'ose l'admettre, mais au premier coup d'œil, Paul Magnétic ressemble à une version améliorée et plus moderne… du Capitaine Static.

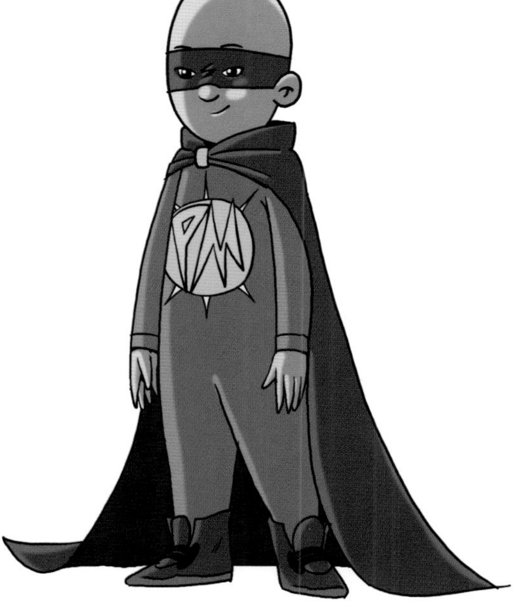
PM

Je suis sur mes gardes. Ma dernière rencontre avec une prétendue super héroïne a viré au cauchemar alors que celle que je croyais une alliée était en fait une ennemie. Miss Flissy avait organisé une mise en scène avec Gros Joe et ses amis. Naïvement, j'étais tombé dans le panneau.

PFFF! Paul Magnétic ! Quel nom bizarre pour un supposé super-héros ! Ça manque de… ***Oumffff!***

PM… C'est pour Premier Minus ? Pas Mignon ? Plutôt Moron ?

Je vais patienter avant de crier au nouveau super-héros. Mais les Fana***TIC***s ! ne sont pas prêts à attendre, eux ! Ils s'agglutinent auprès de Paul Magnétic, qui les domine d'une tête. Il est pas mal costaud, même s'il paraît à peine plus vieux que moi.

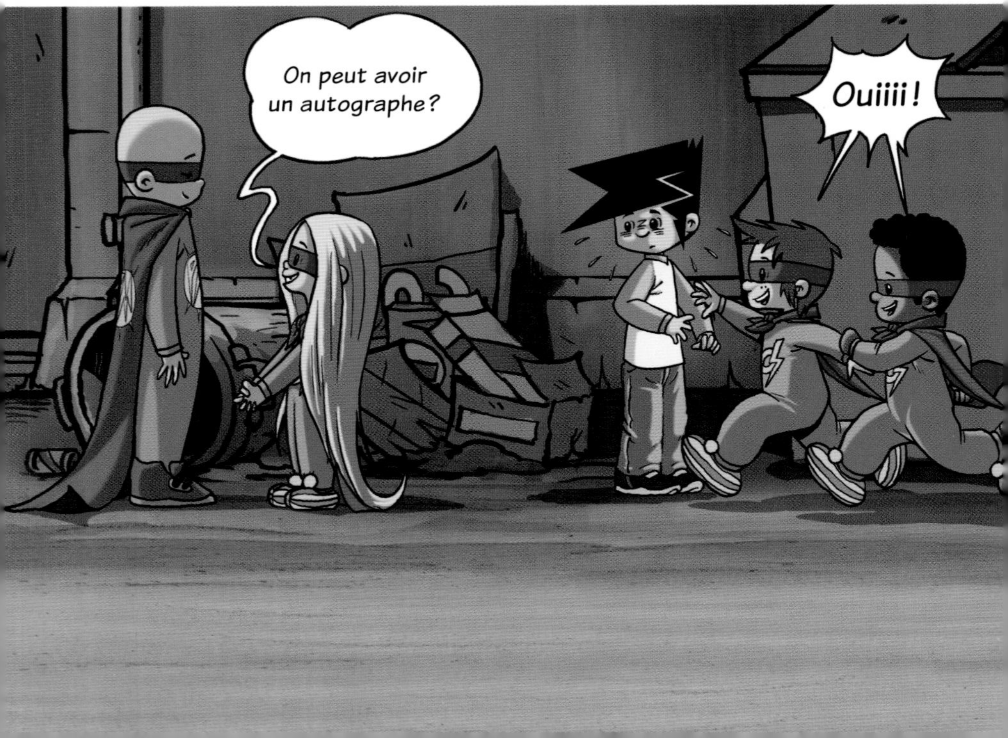
On peut avoir un autographe?
Ouiiii!

MES FanaTICs! le regardent de la même manière que si c'était moi… Pourquoi est-ce que ça m'ennuie?

Bon joueur, je suis sur le point de proposer de lui prêter un crayon-feutre lorsqu'il en sort un de la poche cachée de sa cape.

Il m'agace un peu, celui-là…

Signez où vous voulez!
Elle le vouvoie maintenant!

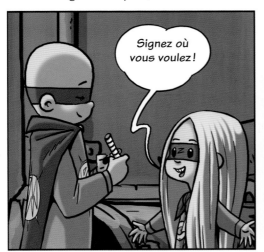

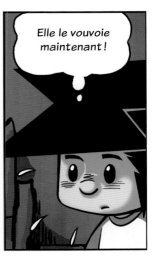

Paul Magnétic appose son nom directement sur le costume. Pire, il le fait dans l'éclair du sigle du Capitaine Static. Avec un stylo à l'encre indélébile! Donc, c'est impossible de l'effacer… J'ai envie de crier au sacrilège! Fred préfère reculer d'un pas.

Leur appétit d'admirateurs satisfait, les FanaTICs! s'éloignent en babillant sans arrêt au sujet de Paul Magnétic. Ils ne relèvent pas la tête quand ils passent à ma hauteur.

— À la prochaine, les amis ! leur dis-je, abasourdi de leur réaction.

J'aurais pu parler à une borne d'incendie que je n'aurais pas eu plus de réponse. Il y a seulement Fred qui a levé la main pour me saluer. Carrie n'a pas daigné m'accorder un regard.

J'oscille entre l'enthousiasme de découvrir un nouveau super-héros et la jalousie d'apprendre l'existence de ce même super-héros. À mon tour, je m'approche de Paul Magnétic.

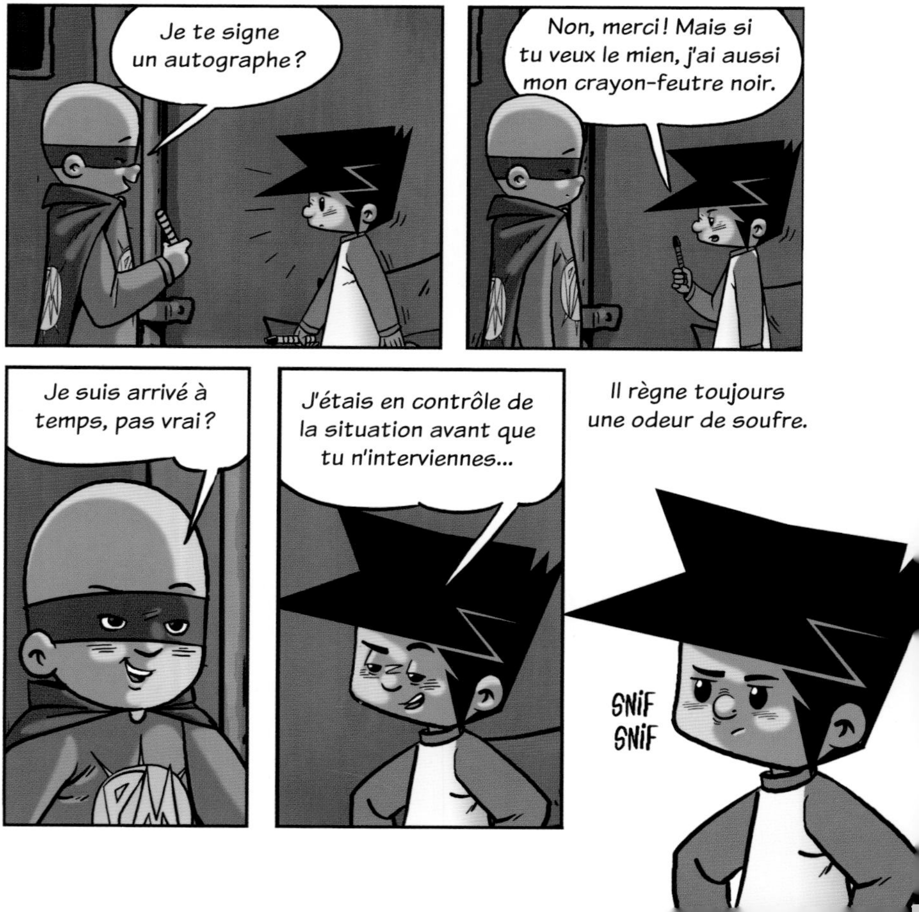
Je te signe un autographe ?
Non, merci ! Mais si tu veux le mien, j'ai aussi mon crayon-feutre noir.
Je suis arrivé à temps, pas vrai ?
J'étais en contrôle de la situation avant que tu n'interviennes...
Il règne toujours une odeur de soufre.
SNIF SNIF

Tu es trop jeune pour commencer à transpirer…

On ne s'est pas présenté officiellement. Je m'appelle Paul Magnétic.

Je lui serre la main. Elle dégage beaucoup de chaleur, à la limite du supportable. Je ne lui procure pas le plaisir de grimacer de douleur et je reste de glace.

Puisque je suis encore chargé d'électricité statique, je lui administre une petite dose, en guise de salutations amicales… Pour prévenir au cas où…

Je le sens tressaillir un peu… Un bon point pour moi et tant pis pour lui. Sauf que la chaleur grimpe d'un cran dans nos mains, chaleur à laquelle j'ajoute une dose personnelle… Nous testons mutuellement nos forces.

Mieux vaut donner que recevoir à ce stade-ci de notre relation de super-héros.

Nous camouflons notre malaise. Qui lâchera en premier? Ce faisant, s'agira-t-il d'une démonstration de faiblesse devant plus fort? Ou alors de sagesse devant plus idiot?

Quiconque jetterait un coup d'œil à notre poignée de main pourrait témoigner du fait que des étincelles s'en échappent, même que nos mains doivent être rouge feu…

Des gouttes de sueur perlent sur mon front. Je me mords la lèvre pour faire dévier le mal afin que mon cerveau se concentre sur un autre endroit de mon corps que ma main. Une technique infaillible quand je vais chez le dentiste et que mon gros orteil est mis à contribution pendant l'opération plombage d'une dent.

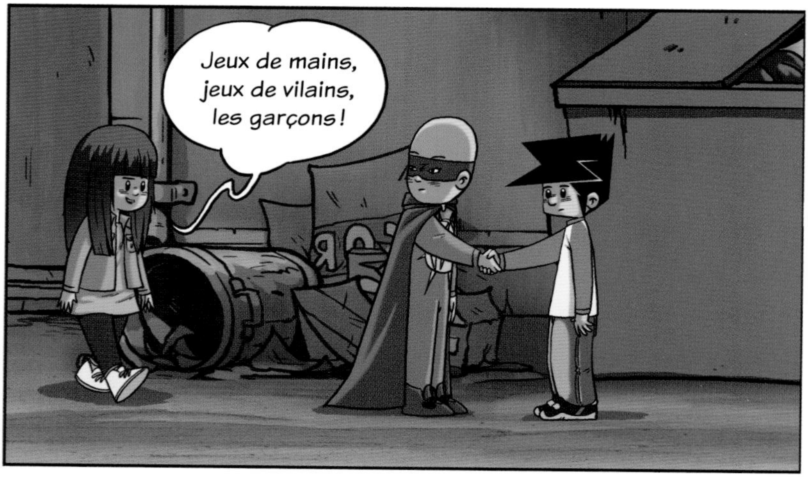
Jeux de mains, jeux de vilains, les garçons !

Il aura fallu l'arrivée inattendue de Pénélope, grande sœur de Fred et mon amie, pour briser cette étreinte.

D'un commun accord, nous nous laissons. Chacun écope d'un choc, gracieuseté de son vis-à-vis, choc qui nous repousse et nous éloigne.

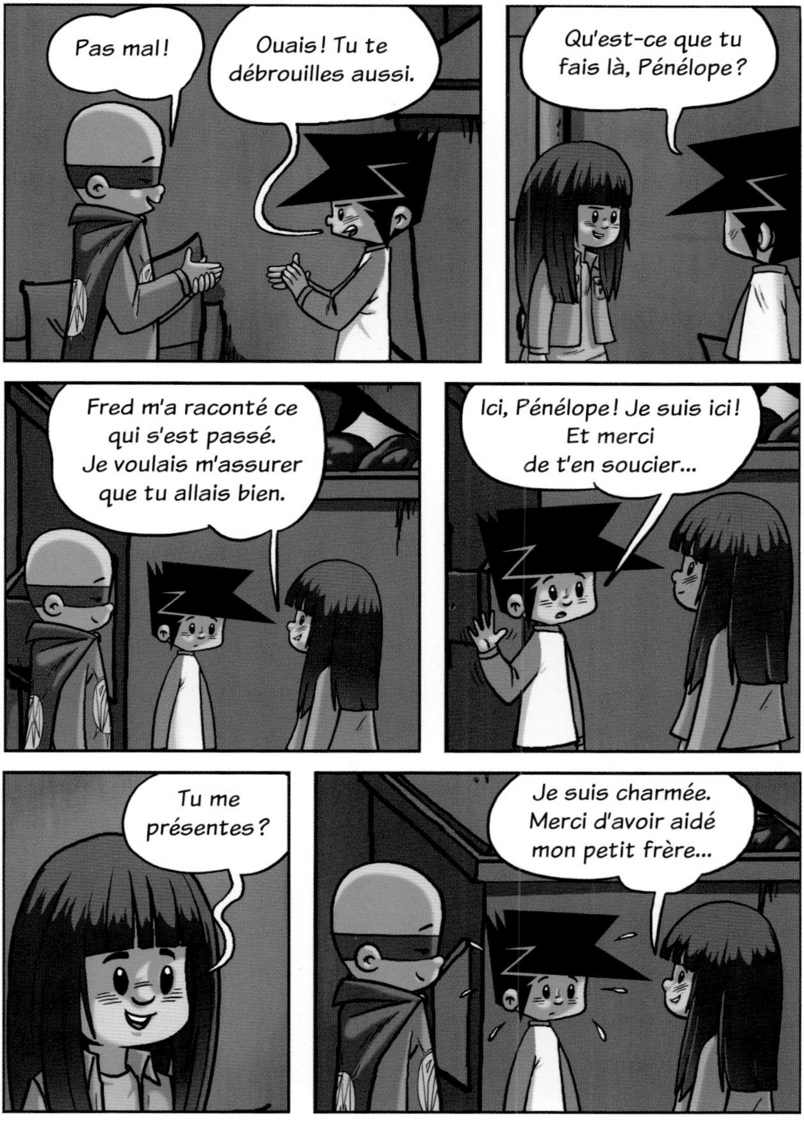
Pas mal!
Ouais! Tu te débrouilles aussi.
Qu'est-ce que tu fais là, Pénélope?
Fred m'a raconté ce qui s'est passé. Je voulais m'assurer que tu allais bien.
Ici, Pénélope! Je suis ici! Et merci de t'en soucier...
Tu me présentes?
Je suis charmée. Merci d'avoir aidé mon petit frère...

Cette fois-ci, ce ne sont pas les mains qui rougissent, mais les joues de mon amie. Elle hume l'air.

Ça pue, hein?
Non! Ça sent bon.
C'est ton parfum? Quelle est la marque?
Ben... Ma marque de commerce...

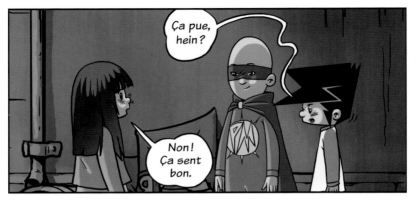

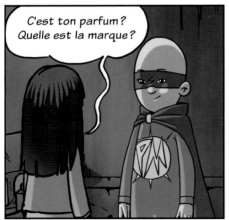

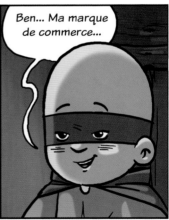

Il me semble que je m'enfonce de minute en minute avec l'apparition de ce type masqué et mystérieux.

Il y a un moment de silence, dont la lourdeur est accentuée par une impression de malaise. Je dois y mettre fin.

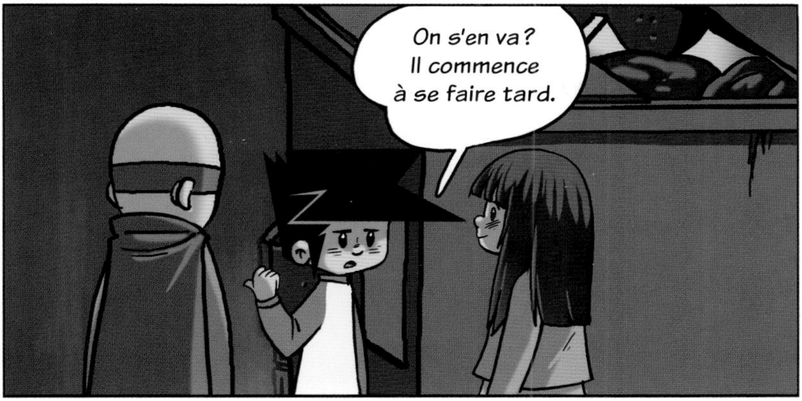
On s'en va?
Il commence
à se faire tard.

Je l'arrache presque à sa contemplation.

Demain sera une nouvelle journée. Les exploits de Paul Magnétic seront derrière moi.

— On se revoit à l'école? crie Paul Magnétic, plus à l'intention de Pénélope que de moi.

Pardon? À l'école?

Paul Magnétic fréquente mon école?

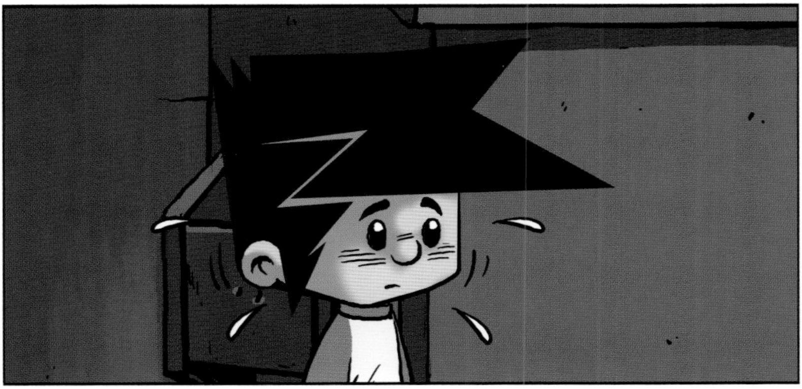

Chapitre 5

Est-ce que Batman et Superman, enfants, allaient à la même école? Les élèves qui les côtoyaient savaient-ils que sous des dehors d'enfants timides et effacés, coulait dans leurs veines le sang de deux des plus grands super-héros que la Terre ait portés?

Cette situation ne s'applique pas à moi, car je n'ai pas d'identité secrète. Les jeunes sont au courant que le Capitaine Static et Charles Simard ne font qu'un. Pour moi, c'est doublement intéressant. Sans mes pantoufles, ma cape et mon costume, je peux goûter à la notoriété d'un super-héros.

La participation des Fana*TIC*s! qui m'accompagnent dans mes déplacements augmente ma visibilité à l'intérieur et à l'extérieur de l'édifice. Du moins, au cours des dernières journées. Parce que depuis ce matin, je me promène seul, à ma

guise, sans trébucher ou heurter l'un ou l'autre de mes admirateurs, copies fidèles de leur super-héros préféré.

Au fur et à mesure que je marche dans les couloirs de l'école, à quelques minutes du début des classes, je croise de petits groupes d'élèves en discussion. Ils se taisent à mon approche et reprennent la conversation dès que je m'éloigne.

La rumeur court vite et fort : il y aurait un nouveau super-héros.

On raconte également que le Capitaine Static est dépassé… ou du passé… Je n'ai pas pu saisir la différence. Si j'étais dans une bande dessinée, la fumée me sortirait par les oreilles, oreilles que me chauffe sérieusement ce Paul Magnétic.

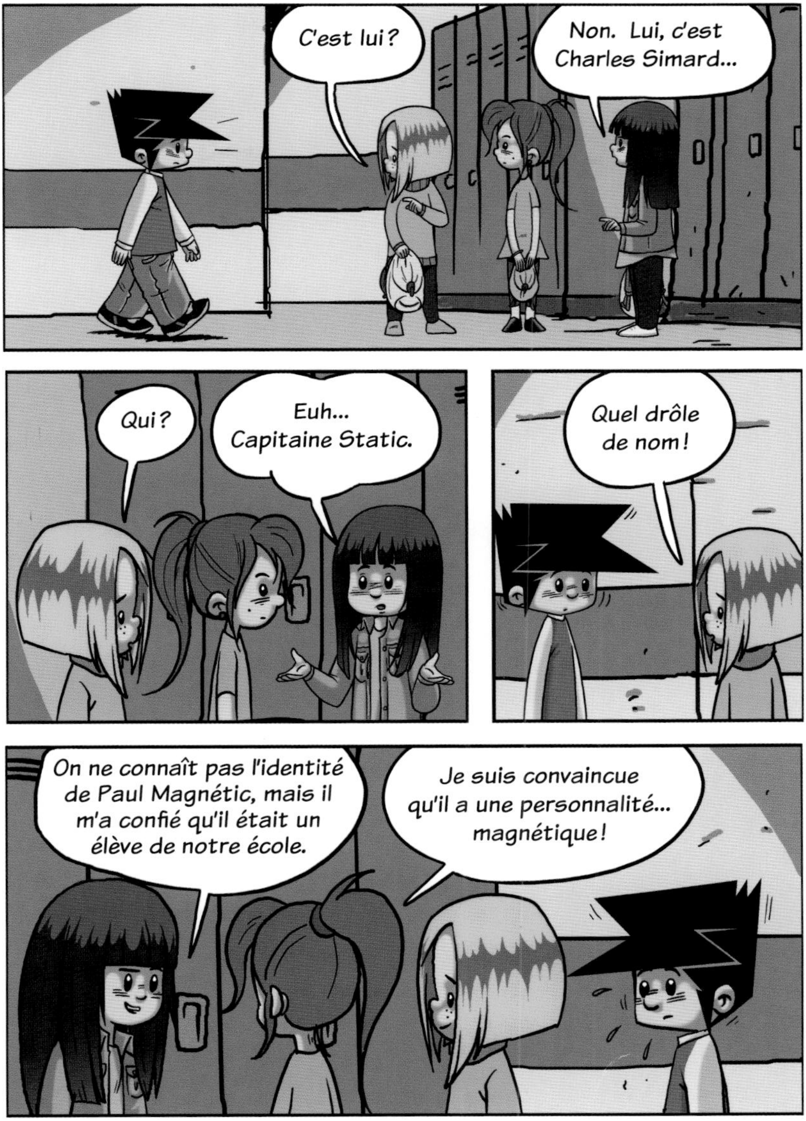
C'est lui?
Non. Lui, c'est Charles Simard...
Qui?
Euh... Capitaine Static.
Quel drôle de nom!
On ne connaît pas l'identité de Paul Magnétic, mais il m'a confié qu'il était un élève de notre école.
Je suis convaincue qu'il a une personnalité... magnétique!

Eh! Ce sont des paroles de ma chanson, ça! C'est moi la *personnalité magnétique*!

Derrière moi, un brouhaha s'élève… Je me retourne.

Bon… Pour l'identité secrète, on repassera. Paul Magnétic atterrit dans le couloir, avec son costume de super-héros.

Est-ce que je laisse tout le plancher au nouveau venu? Est-ce que je m'efface pour lui accorder sa minute de gloire?

Je le ferais sans hésiter si je le considérais comme un allié plutôt qu'un adversaire. Mais je me méfie de lui… Pourquoi? Euh… Parce que! Bon!

Paul Magnétic s'arrête devant moi. Il me tend la main. Je lui réponds par un simple signe de tête.

— Tu as peur, Capitaine Mollastic? dit à haute voix Miss Flissy, qui file en bondissant près de lui.

Ça alors! C'est devenu la mode du jour: elle aussi a endossé son costume de super-vilaine. Ses bandelettes aux couleurs pourpre et blanche virevoltent dès qu'elle saute en tournoyant très vite sur elle-même.

Elle s'est entourée de son fan-club: Gros Joe et ses amis, déguisés en… Miss Flissy! Si celle-ci est tout en grâce et en élégance lorsqu'elle s'exécute, on ne peut en dire autant de ses imitateurs ratés: ils ressemblent à ces hippopotames en tutu qui dansent dans le dessin animé de Disney, *Fantasia*! Ils ont l'air totalement ridicule!

À force de tenter de mimer les gestes de Miss Flissy, Gros Joe en est étourdi. Involontairement, il heurte les autres membres du groupe.

Est-ce qu'il faut absolument tourner tout en bondissant, Angélikoukou ?
Ça fait partie du personnage, Gros Joe ! Et cesse de m'appeler ainsi !
Tu es accompagnée de tes Flissynettes, Angélikoukou ?

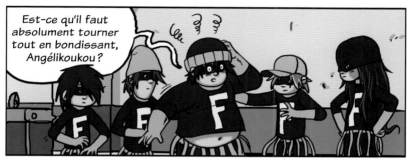

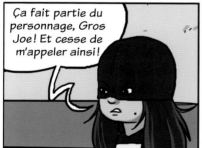

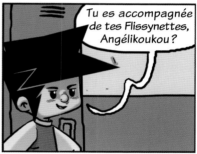

Elle a copié le concept des Fana***TIC***s ! D'ailleurs, où sont-ils ceux-là, ce matin ? L'occasion serait idéale pour démontrer de la solidarité envers leur super-héros préféré… C'est quand j'ai vraiment besoin d'eux qu'ils n'y sont pas…

Je devrais m'inspirer de Paul Magnétic et de Miss Flissy, et aller dorénavant à l'école déguisé en Capitaine Static et non plus habillé simplement en Charles Simard.

Si je refuse de serrer la main de Paul Magnétic, c'est parce que je ne veux pas m'engager dans une épreuve de force devant tout le monde. Mon ami, l'intelligent Van de Graaf, m'a déjà conseillé de choisir mes combats. Pour l'instant, celui-ci n'en est pas un qui en vaut la peine.

Pour l'instant, est-il important de préciser…

Un attroupement se forme autour de nous. Les jeunes sont suspendus à nos lèvres, comme s'ils souhaitaient une invitation, un défi, une bagarre.

Paul Magnétic retire sa main sans se départir de son sourire. Récemment arrivé dans le quartier, il profite de l'attrait de la nouveauté. Du coin de l'œil, je remarque la présence de Pénélope.

Et si on travaillait ensemble?
Je serais Batman et toi, Robin?
Non. Ce serait moi, Batman; toi, Robin.

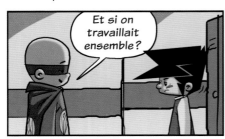

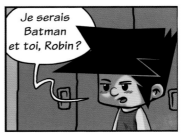

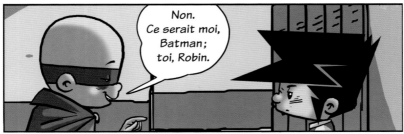

La logique veut que ce soit le contraire. Batman était là avant Robin. J'étais là avant toi. Donc...
Batman était supérieur à Robin. La logique, comme tu dis, doit être respectée.

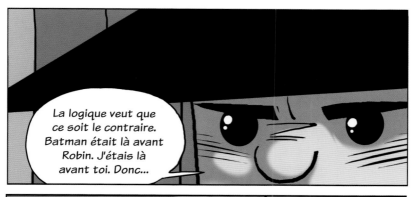

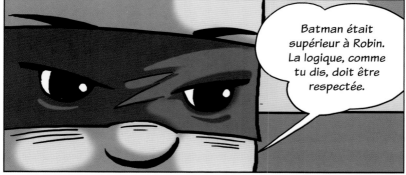

Les battements de mon cœur s'accélèrent. J'imagine sans difficulté la suite des choses.

— Vous pourriez faire un duel de super-héros ! propose une voix dans la foule.

Des cris d'approbation fusent.

— Oui ! Bonne idée ! Génial !

Paul Magnétic impose le silence en levant ses mains, d'où jaillissent des étincelles. Il me fixe d'un regard froid et dur.

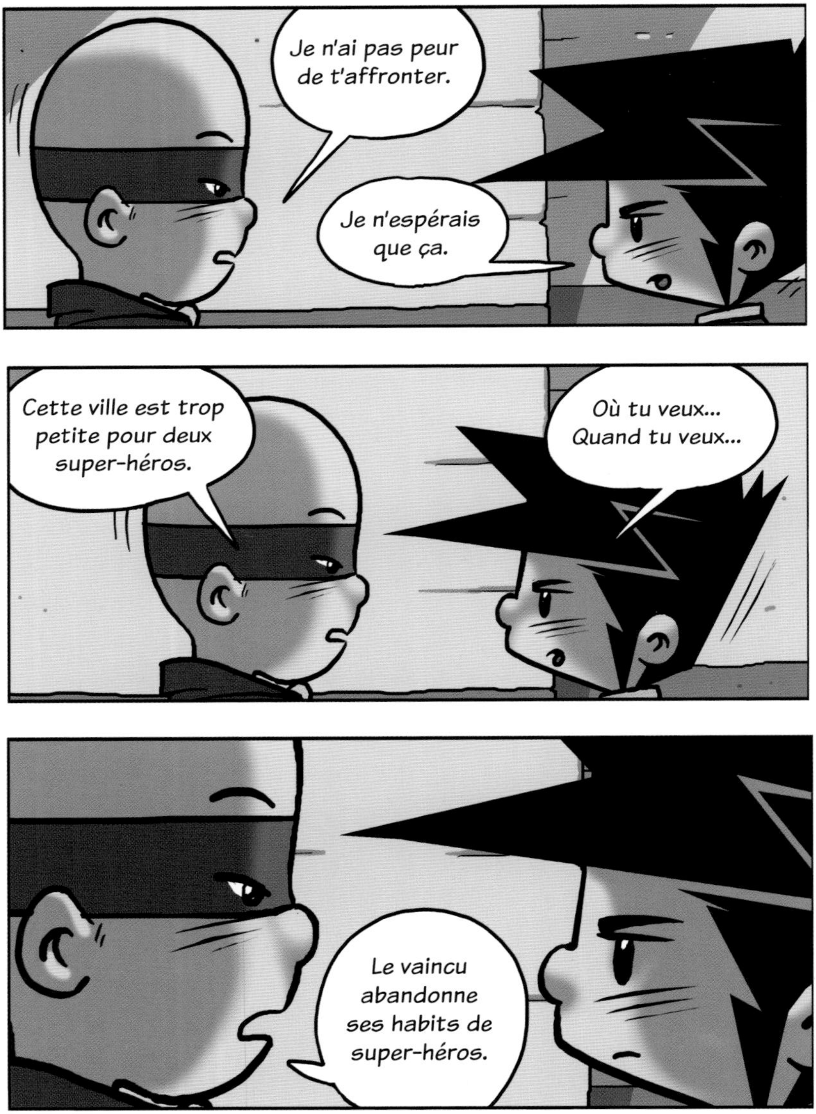

Je n'ai pas peur de t'affronter.
Je n'espérais que ça.
Cette ville est trop petite pour deux super-héros.
Où tu veux... Quand tu veux...
Le vaincu abandonne ses habits de super-héros.

Machinalement, à coups de répliques, nous nous rapprochons l'un de l'autre, tels des boxeurs qui posent pour les photographes avant leur combat.

Nez à nez, je peux sentir sa puissance. Je ne me suis jamais mesuré à un adversaire aussi redoutable.

Il est trop tard pour battre en retraite. Pas question pour moi de perdre la face.

Je m'écarte de lui. Paul Magnétic, avec subtilité, joint le bout de son pouce à celui de son index droit. Puis, il les sépare légèrement. Il y apparaît une boule de lumière de la taille d'une bille. D'un geste vif, comme pour une chiquenaude, il la dirige vers ma poitrine.

Une mini-explosion s'ensuit. Le souffle m'expédie sur le dos, les quatre fers en l'air, contre une rangée de casiers. J'ai l'impression que Gros Joe m'a foncé dessus et m'a renversé.

La démonstration soulève étonnement et railleries.

— Il s'agit d'un simple aperçu de ce qui t'attend, Capitaine Static ! avertit Paul Magnétic.

Le comble, c'est que les Fana**TIC**s ! arrivent à ce moment-là. À l'exception de Fred qui traîne à l'arrière, ils sont méconnaissables. Ils n'endossent plus mes couleurs : ils ont changé de camp… et de costume !

Fred, ma petite copie conforme, se fraie un chemin pour parvenir à mes côtés.

Je serai toujours avec toi, Capitaine Static.
Merci de ta loyauté, Fred.
Les FanaTICs ! n'existent plus ! Nous sommes la Bande MagnéTIC !
Pfff ! N'importe quoi ! Il n'a même pas de devise.
Erreur.

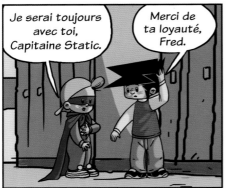

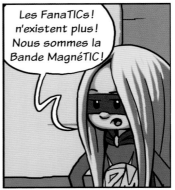

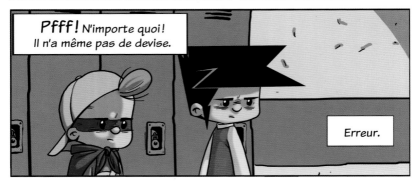

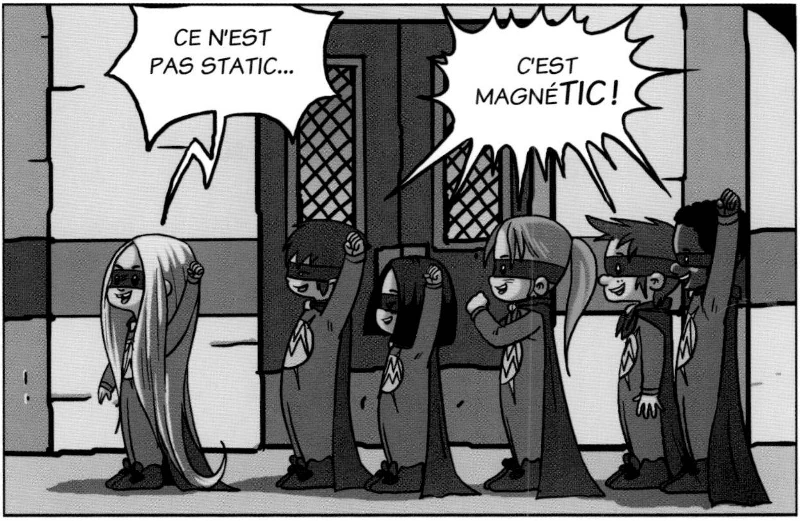
CE N'EST PAS STATIC...
C'EST MAGNÉTIC !

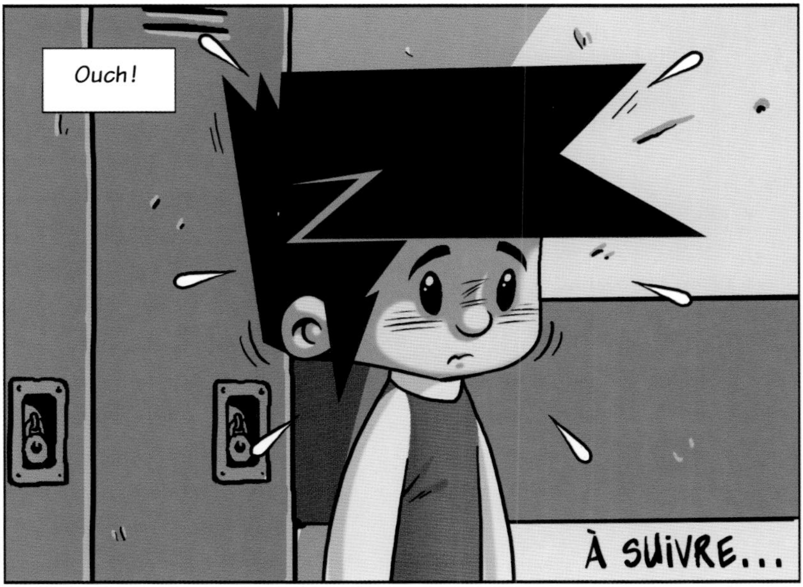
Ouch !
À SUIVRE...

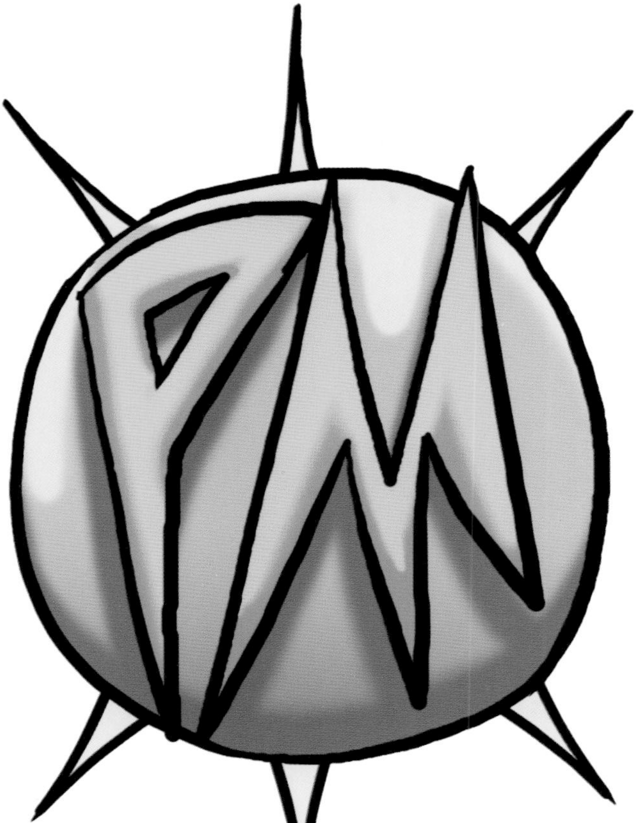
PW

Alain M. Bergeron et Sampar
CAPITAINE STATIC
QUÉBEC AMÉRIQUE

Alain M. Bergeron et Sampar
CAPITAINE STATIC
L'IMPOSTEUR
QUÉBEC AMÉRIQUE

Alain M. Bergeron et Sampar
CAPITAINE STATIC
L'ÉTRANGE MISS FLISSY
QUÉBEC AMÉRIQUE

Alain M. Bergeron et Sampar
CAPITAINE STATIC
LE MAÎTRE DES ZIONS
QUÉBEC AMÉRIQUE

Alain M. Bergeron et Sampar
CAPITAINE STATIC
LA BANDE DES TROIS
Québec Amérique

Alain M. Bergeron et Sampar
CAPITAINE STATIC
MYSTÈRE ET BOULE DE GOMME!
Québec Amérique

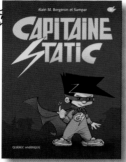

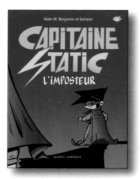

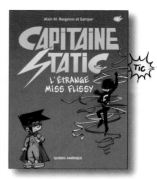

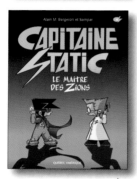

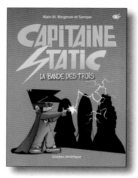

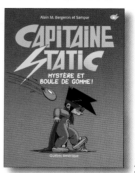

Série Capitaine Static

Grâce à ses pouvoirs, Charles Simard n'est pas un garçon comme les autres… mais un héros fantas… Tic ! Soyez-en avertis, qui s'y frotte s'y Tic ! Telle est la devise du Capitaine Static, la vedette d'une bande dessinée électrique !

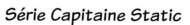

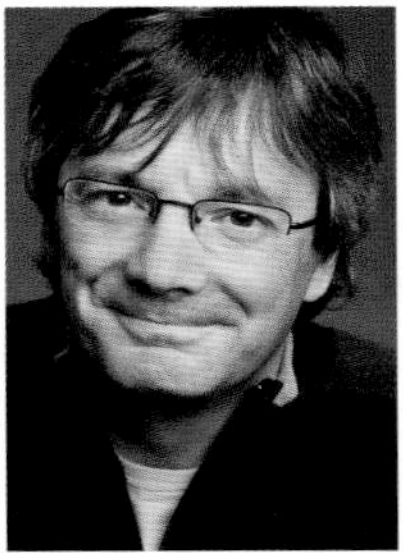

Photo : © Martine Doyon

Alain M. Bergeron

Anciennement journaliste, Alain M. Bergeron se consacre dorénavant à l'écriture. C'est pour laisser un peu de lui à ses enfants qu'il s'est tourné vers la littérature jeunesse, mais aussi et surtout parce qu'il aime raconter des histoires. Être lu par des jeunes est l'une de ses plus grandes joies. Tant mieux, puisque les enfants élisent régulièrement ses livres comme leurs préférés ! À ce jour, il a publié plus de 200 livres chez une douzaine d'éditeurs. Avec la série *Capitaine Static*, Alain M. Bergeron et son acolyte, l'illustrateur Sampar, réalisent un rêve d'enfance : créer leur propre bande dessinée.

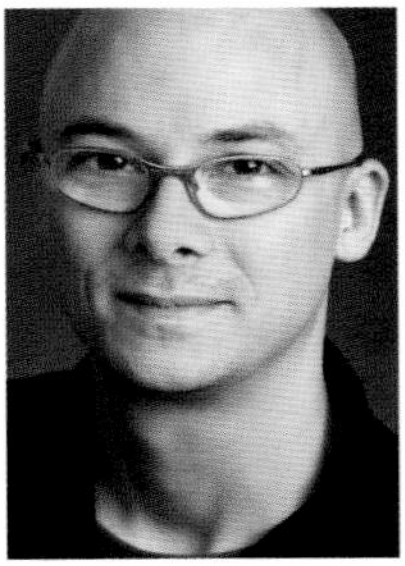

Photo : © Martine Doyon

Sampar

Illustrateur complice d'Alain M. Bergeron, Samuel Parent — alias Sampar — est celui qui a donné au *Capitaine Static* sa frimousse sympathique. Dès la sortie du premier album, cette bande dessinée originale a obtenu un succès éclatant, tant auprès du jeune public que des professionnels de la BD. Les illustrations humoristiques du petit héros attachant et de sa bande y sont certainement pour quelque chose… En duo, Alain M. Bergeron et Sampar cosignent plusieurs séries, notamment les livres de la série *Billy Stuart* et ceux de la collection *Savais-tu ?* chez Michel Quintin.

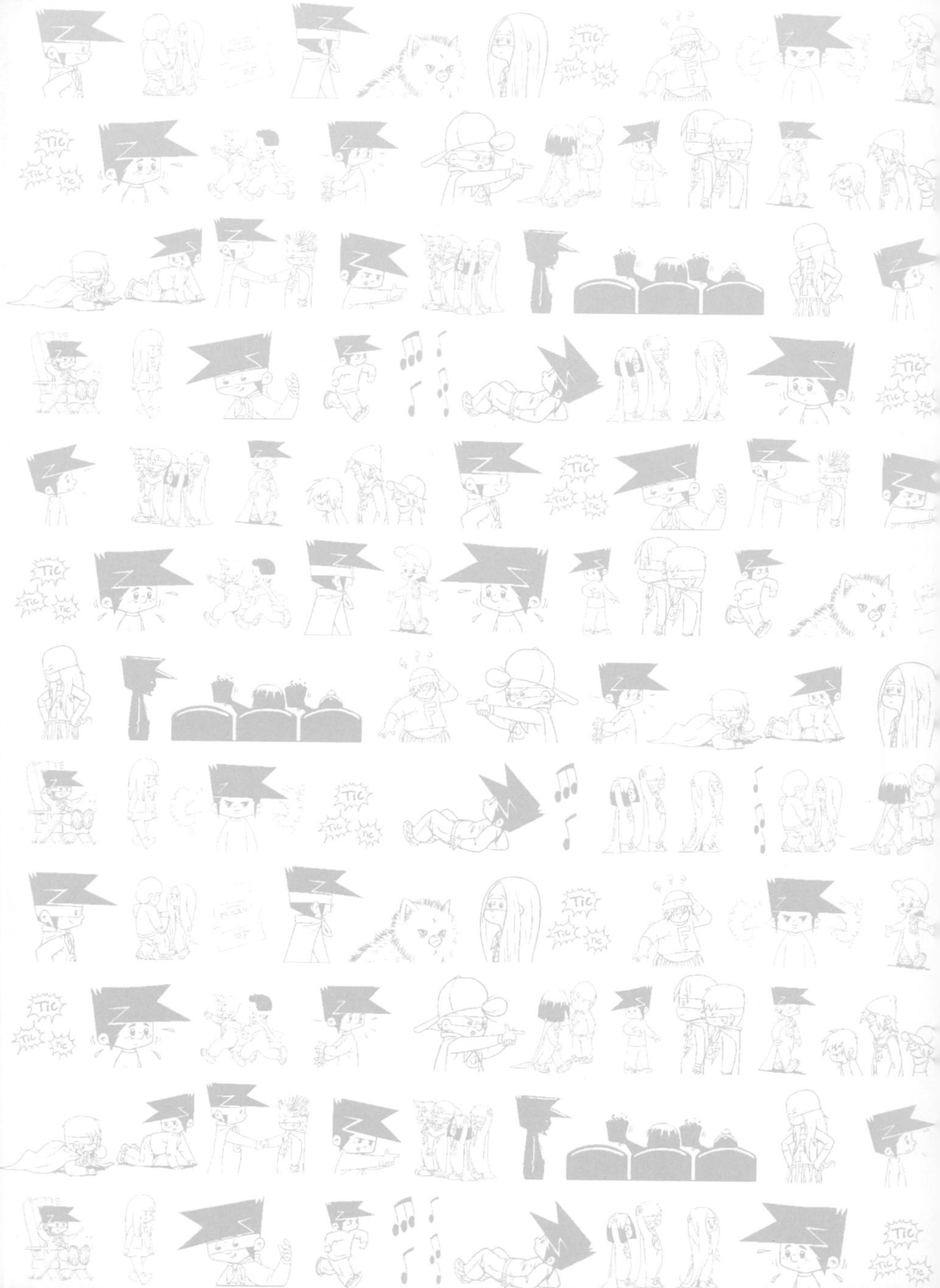
Tic
Tic
Tic